Analyse d'œuvre

Rédigée par Julia Prevosto

Le Misanthrope

de Molière

Profil
Littéraire

MOLIÈRE

- Né le 15 janvier 1622 à Paris.
- Mort le 17 février 1673 dans la même ville.
- **Quelques-unes de ses œuvres :**
    - *Dom Juan ou le Festin de pierre* (comédie en cinq actes et en prose, 1665)
    - *L'Avare* (comédie en cinq actes et en prose, 1668)
    - *Le Malade imaginaire* (comédie en trois actes et en prose, 1673)

Molière, de son vrai nom Jean-Baptiste Poquelin, a marqué profondément la scène littéraire du XVIIe siècle. Trois siècles plus tard, il demeure l'auteur le plus lu et le plus joué au monde, à tel point que son nom est utilisé dans la périphrase visant à désigner la langue française. L'auteur a en effet révolutionné le théâtre et a offert à la comédie ses lettres de noblesse à une époque où la tragédie était sans conteste le genre majeur. En dépeignant la nature humaine à travers ses facettes les plus drôles et ridicules afin de les dénoncer, il fait naître la comédie de caractère.

C'est en 1659 avec *Les Précieuses ridicules* que Molière triomphe à Paris et qu'il conquiert peu à peu celui qui deviendra son confident, le roi Louis XIV (1638-1715). Il faut dire que le Roi-Soleil perçoit dans les divertissements offerts par le théâtre de Molière une manière efficace de contenter le peuple. En 1660, Molière confirme son talent avec *Sganarelle ou le Cocu imaginaire*, et gagne le droit de s'installer dans la salle du Palais-Royal. Cette faste période annonce une série de succès parmi lesquels on retrouve *Le Médecin malgré lui* (1666), *Le Misanthrope* (1666) ou encore *Amphitryon* (1668). Bientôt pourtant, plusieurs de ses pièces font scandale pour les critiques qu'elles soulèvent, et se voient interdire. Cela n'entache toutefois pas l'admiration du Roi-Soleil, dont il conserve les faveurs jusqu'en 1672, quelques mois seulement avant sa mort.

LE MISANTHROPE

- **Genre :** comédie en cinq actes et en vers.
- **1ʳᵉ édition :** en 1666.
- **Édition de référence :** *Le Misanthrope*, Paris, Librio, 2004.
- **Personnages principaux :**
    - Alceste, amant de Célimène
    - Philinte, ami d'Alceste
    - Oronte, amant de Célimène
    - Célimène, amante d'Alceste
    - Éliante, cousine de Célimène
    - Arsinoé, amie de Célimène
    - Les deux marquis, prétendants de Célimène
- **Thématiques principales :** la misanthropie, l'hypocrisie, la mondanité, l'idéal de l'honnêteté, la passion, la raison.

C'est en 1666 que Molière présente pour la première fois à la cour du roi *Le Misanthrope*, dont il incarne lui-même le personnage principal, Alceste. Le dramaturge traverse alors une période sombre. En effet, en 1664 son *Tartuffe* lui vaut injures et calomnies de la part des dévots, tandis qu'un an plus tard, alors qu'il connaît le succès avec *Dom Juan*, la pièce est interdite par Louis XIV sous la pression de ses rivaux. Cette série de défaites permet, en partie, d'expliquer l'amertume que l'on décèle dans cette pièce qui respecte tous les codes de la tragédie classique.

Dans *Le Misanthrope*, l'auteur mène une réflexion sur les mœurs de son temps alors que l'idéal de l'honnête homme est écrasé par le paraître et l'hypocrisie. Son héros, Alceste, dégoûté par la duplicité des hommes, préfère se retirer de la vie mondaine pour mener une existence honnête et tranquille. Il tombe pourtant sous le charme de Célimène, une jeune courtisane. Mais comment un misanthrope peut-il concilier sa haine de la nature humaine et son amour profond pour une personne, friande de mondanités qui plus est ? Avec cette comédie sérieuse, Molière connaît un succès discret, loin de celui des *Précieuses ridicules*, mais suffisant pour le relancer après son *Tartuffe*.

LA VIE DE MOLIÈRE

| Portrait de Molière.

LA DÉCOUVERTE DU THÉÂTRE

Jean-Baptiste Poquelin naît à Paris le 15 janvier 1622. Fils de Jean Poquelin, un riche marchand tapissier et valet de chambre du roi, rien ne prédestinait le jeune garçon à connaître un jour un tel succès sur les planches du théâtre. Son père souhaitant ce qu'il y a de mieux pour l'éducation de son fils aîné, il l'inscrit au collège de Clermont (aujourd'hui lycée Louis-le-Grand) où les enseignants jésuites l'initient au théâtre. L'apprentissage du latin est en effet appréhendé à travers les grands textes classiques.

Plus tard, alors qu'il étudie le droit pour devenir avocat, Jean-Baptiste fait la connaissance des Béjart, une famille de comédiens. C'est en les observant qu'il découvre véritablement l'art de la scène, et, le 30 juin 1643, alors qu'il n'a que 21 ans, il crée avec eux la troupe de l'Illustre-Théâtre. C'est sans doute à ce moment-là qu'il prend le pseudonyme de Molière, en partie pour ne pas mêler sa famille à ses affaires théâtrales.

Pleine d'ambition et en quête de grandiose, la troupe voit trop grand dès ses débuts. Orchestre, danseurs, costumes : les dépenses sont astronomiques et les économies fondent à vue d'œil, si bien que l'Illustre-Théâtre tombe dans les mains de créanciers. Incapable de rembourser ses dettes, le jeune Molière se voit emprisonné ; il est rapidement libéré grâce à son père. Ces fâcheux événements n'entament en rien la motivation de la troupe, qui se lance sur les routes de France dès 1646, pour un périple qui durera 13 ans. Ce voyage fait écho au projet du cardinal de Richelieu (prélat et homme d'État français, 1585-1642) qui, pour unifier la langue française dans les provinces, envoie des comédiens jouer devant le peuple.

L'ACTEUR DEVENU AUTEUR

Molière est avant tout un brillant comédien, mais c'est lors de sa tournée en province qu'il écrit ses premières pièces.

En 1653, la troupe s'installe auprès du prince de Conti (1629-1660) qui leur accorde sa protection. Peu de temps après, Molière signe sa première pièce, *L'Étourdi ou les Contretemps* (1655), dans laquelle il incarne un valet vif d'esprit, Mascarille. L'accueil est exceptionnel !

| Scène de *L'Étourdi ou les Contretemps*.

Malheureusement, en 1656, le prince de Conti se convertit et devient un fervent opposant du théâtre, laissant Molière et sa troupe désemparés et sans un sou. Deux ans plus tard, les comédiens regagnent Paris. Le succès de *L'Étourdi* attise l'intérêt de Monsieur le frère du roi, Philippe d'Orléans (1640-1701), qui accorde à la troupe sa protection et les invite à jouer *Nicomède*, la célèbre pièce de Corneille (1606-1684), au Louvre. Louis XIV est tout aussi conquis que son frère et décide d'accueillir la troupe au théâtre du Petit-Bourbon.

Au fil du temps, Molière affine son style et modernise le genre de la comédie. À travers celle-ci, le dramaturge dépeint la vie quotidienne et parodie chaque petit trait de caractère qu'il lui est donné de voir. En 1659, il présente au public *Les Précieuses ridicules*, qui remporte un succès comme on en a rarement vu alors. L'engouement du public est tel qu'elle est rejouée à 40 reprises, fait rare à l'époque. Ce triomphe attire bien évidemment l'attention du roi, qui accorde à la troupe le privilège de jouer au Palais-Royal. Appréciant lui aussi les pièces qui lui sont données à voir, il demande à Molière de rejouer plus d'une soixantaine de fois *Sganarelle ou le Cocu imaginaire* (1660).

En 1664 est représenté pour la première fois le *Tartuffe*. La pièce, dans sa volonté de critiquer les dévots et les directeurs de conscience, attire à Molière de graves déconvenues : elle est rapidement interdite, tandis que l'honneur du dramaturge est mis à mal. Molière tente de se justifier en affirmant que le but de la comédie est de corriger les vices des hommes, mais cela n'a guère l'effet escompté.

Quelques mois plus tard, il fait jouer *Dom Juan* qui connaît un succès immédiat. La morale est sauve puisque Dom Juan, le libertin et l'hypocrite, répond de ses erreurs. Mais la religion ne triomphe guère, car l'athée ne se convertit pas. Les critiques se font rapidement entendre et se révèlent même très virulentes, au point que l'on fait comprendre à Molière qu'il doit cesser de représenter sa pièce. Il se plie à cette décision, et *Dom Juan* ne sera plus rejoué de son vivant. Molière abandonne alors l'idée de s'attaquer aux principes de la société, préférant désormais tourner en ridicule des personnages tels que les médecins, sans jamais plus flirter avec l'immoralité.

LES DERNIERS INSTANTS DU ROI DU THÉÂTRE

À 40 ans, Molière épouse la fille de Madeleine Béjart, Armande. Le personnage du jaloux et du cocu que Molière nous offre dans nombre de ses pièces est vraisemblablement inspiré de son expérience malheureuse en amour. Pourtant, Molière est un séducteur et se plaît à posséder ses comédiennes à la vie comme à la scène.

C'est aussi à cette époque qu'il fait la connaissance de Lully (1632-1687), compositeur à la cour du roi, avec lequel il invente un nouveau genre : la comédie-ballet. De cette collaboration naissent plusieurs pièces dont *L'Amour médecin* (1665) et *Le Bourgeois gentil-homme* (1670). Ensemble, ils mêlent théâtre et musique dans un élan de passion respectif durant de nombreuses années avant que leur relation ne se dégrade vers 1670. Le roi prend en effet de plus en plus goût à l'opéra, au point de délaisser la comédie et d'accorder à Lully le privilège royal en interdisant la musique dans les pièces de théâtre.

Alors que son entourage lui conseille de ménager sa santé qui semble de plus en plus fragile, Molière présente en 1673 ce qui sera son ultime œuvre, *Le Malade imaginaire*, et demande au rival de Lully, Marc-Antoine Charpentier (1643-1704), d'en composer la musique, malgré l'interdiction du roi. Au cours de la quatrième représentation, Molière est pris de convulsions. Il meurt quelques heures plus tard, chez lui, et est enterré par sa veuve, Armande, le 21 février 1673.

RÉSUMÉ DU *MISANTHROPE*

ACTE I

Philinte et Alceste, deux amis, sont seuls dans le salon de Célimène, l'amante d'Alceste. Philinte s'inquiète de l'état de son ami qui paraît contrarié, mais Alceste ne souhaite pas l'écouter et lui annonce qu'il ne le considère plus comme son ami. Philinte semble avoir commis l'irréparable : il n'a en effet pas agi en toute honnêteté envers un homme qu'il a couvert de compliments alors qu'il ne pensait pas un traître mot de ce qu'il disait. La réaction d'Alceste est démesurée face à la situation, ce que Philinte ne tarde pas à lui faire remarquer. Ce dernier lui répond alors qu'il ne désire qu'une seule chose : la sincérité. Pour lui, rien n'est pire que l'hypocrisie et les faux-semblants, deux vices qu'il désigne comme le mal du siècle. Afin de se protéger de tels maux, il préfère rompre avec le genre humain. Philinte, en fin philosophe, tente de raisonner son ami en lui faisant comprendre que c'est une folie que de vouloir changer le monde. Il s'étonne d'ailleurs qu'avec de telles idées, Alceste puisse être amoureux de la coquette Célimène. Alceste lui avoue alors qu'il est venu ici pour s'entretenir avec cette dernière sur ce sujet.

C'est alors qu'intervient Oronte, un poète venu consulter Alceste au sujet de son dernier sonnet. Sans qu'Alceste puisse l'arrêter, Oronte le couvre de compliments, à son plus grand désarroi. Alceste finit tout de même par lui dire que son sonnet ne vaut rien. Oronte est piqué au vif, et les deux hommes se quittent fâchés.

ACTE II

Après avoir quitté Philinte, Alceste rencontre sa belle et lui avoue que ses façons d'agir avec les hommes ne lui plaisent pas, et que si son comportement ne change pas, il ne voit comme solution que la rupture. Célimène, vexée, lui demande de lui expliquer la manière dont elle devrait se comporter avec ses prétendants, avant de proposer sur un ton ironique de les mettre tous à la porte à coup de bâton. Alceste, qui prend ses paroles à la lettre, lui propose d'être moins tendre dans ses relations. Célimène s'emporte et évoque la jalousie de son amant, qui, pourtant, devrait être heureux de l'amour qu'elle lui porte. Mais Alceste remet justement en cause les dires de Célimène et lui demande de prouver que son amour est honnête.

C'est alors qu'un valet annonce l'arrivée d'Acaste et de Clitandre, deux marquis. Célimène en profite pour mettre fin à cet entretien houleux. Lorsque ses hôtes arrivent, c'est sans vergogne que Célimène s'adonne à une longue série de moqueries au sujet d'amis absents, dont Alceste est le témoin silencieux jusqu'à ce qu'il leur fasse remarquer qu'aucun des pauvres gens qu'ils fustigent n'est présent et qu'il en serait sans doute autrement si cela était le cas. Il continue en accusant les deux marquis de nourrir l'humeur sarcastique de Célimène et finit par se couvrir de ridicule. La scène prend fin lorsque le valet annonce qu'Alceste doit suivre des maréchaux au tribunal au sujet de son altercation avec Oronte.

ACTE III

Les deux marquis se retrouvent seuls un court instant et en profitent pour discuter de Célimène. Acaste vante avec beaucoup de fierté tout l'amour que lui porte la belle. Non sans jalousie, Clitandre lui lance le défi de dévoiler lequel d'eux remporte le cœur de la jeune femme.

Sur ces entrefaites, Célimène les rejoint, suivie de son amie Arsinoé, une jeune femme prude. Cette dernière l'informe que sa réputation est en péril, car elle est bien trop coquette avec les gens qu'elle visite. Célimène lui répond à son tour que sa sagesse et son austérité lui valent également d'être blâmée par ses pairs. Déstabilisée, Arsinoé prend congé de Célimène et s'empresse de retrouver Alceste, dont elle est secrètement amoureuse. Désireuse de parvenir à ses fins, elle tente de détourner Alceste de sa rivale et l'informe de l'infidélité de Célimène, dont elle promet de lui en apporter les preuves.

ACTE IV

Philinte et Éliante, la cousine de Célimène, échangent sur le caractère difficile d'Alceste. La jeune femme avoue y trouver quelque chose de noble et d'héroïque. Tous deux s'accordent sur le fait qu'Alceste ne peut être heureux avec Célimène, et Philinte met en avant la bonté de cœur d'Éliante. Celle-ci confie qu'elle est éprise d'Alceste, et Philinte, tout en respectant cela, ne nie pas son espoir d'être un jour celui qu'elle puisse aimer.

Alceste interrompt la conversation en surgissant, chamboulé : Célimène est infidèle. Il a en sa possession une lettre de cette dernière destinée à Oronte. Alors, dans l'unique but de punir Célimène, il demande la main d'Éliante, qui, de son côté, tente de le raisonner. Célimène arrive et parvient à retourner la situation à son avantage en assurant à Alceste que la lettre n'était pas destinée à Oronte. Alceste ne la croit guère, et Célimène joue l'offensée. Touché en plein cœur, Alceste finit par lui déclamer son amour. Peu de temps après, le jeune homme est informé que son procès avec Oronte prend une fâcheuse tournure.

ACTE V

Alors qu'il a perdu son procès, Alceste décide de quitter pour de bon la compagnie des hommes. Mais, avant cela, il désire s'entretenir une dernière fois avec Célimène. Cette dernière paraît en compagnie d'Oronte qui la défie de choisir entre eux deux. Alceste l'encourage à le faire, mais Célimène, gênée, appelle sa cousine Éliante pour lui venir en aide.

Acaste et Clitandre les rejoignent et demandent à Célimène des explications au sujet d'une lettre écrite de sa main qu'ils ont tous deux reçue. Célimène s'y moque de chacun d'eux, sans s'être imaginé qu'ils puissent se les échanger. Les deux marquis et Oronte quittent la pièce plein de rancœur. Alceste, quant à lui, accepte de pardonner à la jeune femme, et lui propose de se retirer en sa compagnie loin de la ville et des hommes, mais Célimène ne peut s'y résoudre. La pièce prend fin avec le départ d'Alceste et l'union d'Éliante et de Philinte.

L'ŒUVRE EN CONTEXTE

LA FRANCE A UN NOUVEAU ROI

Molière écrit *Le Misanthrope* entre 1664 et 1668, une période charnière puisque Louis XIV n'est au pouvoir que depuis trois ans. Ce nouveau règne bouleverse totalement la manière d'appréhender le monde, tant sur le plan politique qu'esthétique. En effet, il est en totale opposition avec le régendat de sa mère Anne d'Autriche (1601-1666) qui, secondée par Mazarin (1602-1661), règne sur la France depuis la mort de Louis XIII en 1643.

Ce n'est qu'en 1661, à la mort de Mazarin, que commence véritablement le règne de celui qui sera bientôt surnommé le Roi-Soleil. Alors que le début du XVIIᵉ siècle est marqué par la fantaisie, la démesure et l'instabilité, Louis XIV apporte équilibre, harmonie et ordre. Le baroque qui régnait en maître sous la régence se voit concurrencé par le retour du classicisme, laissant une France partagée entre deux arts de vivre.

| *Louis XIV et Molière*, tableau de Jean-Léon Gérôme, 1862.

Avide de toute-puissance, le nouveau roi instaure la monarchie absolue. En favorisant les arts et les lettres, il s'assure de susciter l'admiration et garde la main sur la production artistique. C'est ainsi que le goût pour le classique se répand sur la scène littéraire. Les écrivains se posent en théoriciens et tentent de réfléchir à la condition humaine et aux faiblesses de l'homme afin d'y apporter une solution grâce à la raison. Ce culte de la raison va de pair avec les règles esthétiques que les auteurs classiques s'imposent en donnant à leurs œuvres une double mission : celle de plaire et d'instruire. Ainsi, Boileau (1636-1711), dans son *Art poétique* (1674), s'efforce de trouver une vérité absolue dans sa recherche d'un style pur et élégant. Quant à La Fontaine (1621-1695), il laisse paraître dans ses *Fables* (entre 1668 et 1694) une morale sous-jacente malgré le rire qui semble prédominer. Cet idéal de vie, auquel les écrivains classiques aspirent, répond à l'idéal de l'honnête homme qui devient un thème majeur dans l'œuvre de Molière, notamment dans *Le Misanthrope* où il en est le fil rouge.

Ainsi, la philosophie de Louis XIV touche la production littéraire à travers les essais ou les mémoires, mais aussi la production théâtrale.

L'ÂGE D'OR DU THÉÂTRE

Le XVIIe siècle est connu pour être l'âge d'or du théâtre. Cette expansion du genre prend son essor grâce à Richelieu, le ministre de Louis XIII, de la part de qui il obtient une ordonnance permettant de réhabiliter le métier de comédien. Considérés jusqu'alors comme des êtres immoraux, ces derniers étaient très mal perçus aux yeux de la société. C'est sans doute la raison pour laquelle Jean-Baptiste Poquelin a choisi de se faire connaître sous le pseudonyme de Molière.

Richelieu et par la suite Louis XIV perçoivent dans le théâtre une dimension sociale et politique, et l'utilisent tel un instrument de propagande destiné à distraire le peuple. Lorsque Louis XIV prend le pouvoir, il tend à poursuivre le travail réalisé par son père en matière d'art dramatique.

Alors que la première moitié du XVIIe siècle était dominée par l'esthétique baroque, et ce même au théâtre, ce n'est que dans les années 1660 que le classicisme se développe réellement. Trente ans auparavant, on redécouvrait *La Poétique* (IVe siècle av. J.-C.) d'Aristote (384-322 av. J.-C.), mais aussi les règles qui avaient été déduites de l'ouvrage par Scaliger (humaniste français, 1540-1609). Peu à peu est élaborée une tragédie codifiée qui s'articule autour du principe de l'unité de temps, de lieu et d'action, tout en insistant sur le respect de la bienséance et de la vraisemblance. Les pièces classiques doivent ainsi se dérouler en un jour, en un lieu unique et ne présenter qu'une seule intrigue. En outre, les propos ne doivent pas heurter la sensibilité du public. Il est donc interdit de montrer sur scène toute marque de violence et de nudité. La dernière règle, et sûrement la plus représentative du théâtre du XVIIe siècle, est celle de la vraisemblance. À l'instar de la mimesis antique, les dramaturges cherchent à imiter la nature afin de donner l'impression de vérité.

Ces codes ont pour effet d'attirer un nouveau public au théâtre : les nobles. Molière en joue énormément et, si dans certaines pièces il respecte bien la règle des trois unités, il prend souvent des libertés avec la règle de bienséance en bafouant tantôt la morale chrétienne, tantôt en heurtant l'aristocratie.

Bien que la tragédie soit considérée comme le genre le plus élevé du théâtre classique, Molière parvient à donner à la comédie ses lettres de noblesse. Avant 1660, le genre s'apparentait davantage à la farce, plus populaire, et n'existait que dans un seul but : distraire le public. Avec Molière, il s'agit désormais de rechercher le naturel et le vraisemblable, et de proposer au spectateur de fines analyses psychologiques présentées par le biais de l'humour. Ce faisant, il pose le double objectif qu'il voit dans la comédie : faire rire le public, mais aussi le faire réfléchir.

ANALYSE DES PERSONNAGES

ALCESTE

Alceste est le personnage principal de la pièce. Il appartient à la noblesse dont il ne se mêle qu'à l'occasion. Dégoûté par l'hypocrisie des hommes, il décide à la fin de la pièce de se retirer de la ville rongée par les vices.

Si, de prime abord, on peut considérer Alceste comme un personnage antipathique, il est avant tout un trop grand optimiste dont les désillusions envers l'idée qu'il se faisait de l'Homme l'ont amené à cette misanthropie qui le caractérise désormais. Néanmoins, il se trouve dans une situation incohérente, car il est amoureux de Célimène, une jeune femme avenante mais coquette, dont les mœurs correspondent à tout ce qui le répugne. Avant de s'isoler, il tente par tous les moyens de la détourner de ses nombreux prétendants et cherche à la convaincre d'être franche avec eux. Pour Alceste, rien ne vaut une parole qui vient du cœur tandis qu'il exècre au plus haut point les mots doux enrobés dans des faux-semblants. Sa sincérité lui vaut de nombreuses déconvenues et finit par le tourner en ridicule. Ne pouvant se résoudre à ce mode de vie, il quitte le monde seul, laissant Célimène derrière lui.

CÉLIMÈNE

Célimène est une jeune veuve aux mœurs légères et charmeuses qui cherche à contrer la solitude en plaisant au plus grand nombre, au grand dam d'Alceste, son amant. Les parades de la jeune femme s'apparentent presque à un jeu dont les règles sont ambiguës. Elle collectionne en effet les prétendants sans jamais parvenir à en choisir un. La belle se plaît à caricaturer sa cour pour amuser la galerie, et n'hésite pas à écrire des lettres à chacun de ses amants en se moquant ouvertement des autres concurrents.

Si la situation semble lui réussir au début de la pièce, elle finit par se faire prendre à son propre jeu. Alors que chaque prétendant pense être unique à ses yeux, la mascarade est dévoilée dans le dernier acte et, piqués au vif, tous choisissent de délaisser Célimène qui finit seule et humiliée.

PHILINTE

Philinte est à la fois l'ami et l'antithèse d'Alceste. Alors que le misanthrope a l'esprit torturé, Philinte, lui, réagit en philosophe et tente d'apaiser les humeurs d'Alceste tout au long de la pièce. Issu du même milieu mondain que son ami, il adopte une attitude tout à fait différente en se posant en témoin modéré des comportements qu'il observe dans les salons. Philinte adoucit, tempère et nuance. Pour lui, rien ne sert de changer les hommes. Au contraire, il faut réaliser un travail personnel afin de s'adapter à la société qui est telle qu'elle est sans que l'on puisse la changer. Durant toute la pièce, il tente de défendre son ami Alceste, même quand celui-ci demande la main d'Éliante, de qui il est lui-même amoureux. Il finit par avouer ses sentiments à cette dernière et lui demande sa main devant Alceste, qui approuve leur union.

ÉLIANTE

À l'image de Philinte, Éliante est un personnage secondaire, mais capital. Cousine de Célimène, elle est au début de la pièce éprise d'Alceste. Toutefois, avec son caractère doux et modéré, elle ne tente à aucun moment de s'interposer entre les deux personnages. Elle trouve en Alceste un caractère noble frôlant l'héroïsme... Mais lorsque ce dernier finit par lui demander sa main, en dépit de ne pouvoir posséder Célimène, le regard d'Éliante sur lui change. Philinte étant fou amoureux d'elle, c'est avec ce dernier qu'elle choisit de s'unir.

ORONTE

Oronte est un gentilhomme qui apparaît dès le début de la pièce alors qu'il vient demander l'avis d'Alceste sur sa poésie. Convaincu de son talent, il n'apprécie guère que les critiques de ce dernier. Pour lui, ses vers sont parfaits et ne peuvent que susciter l'admiration. Vexé, il convoque Alceste au tribunal et démontre par là sa petitesse et la haute opinion qu'il a de lui-même. Par la suite, on apprend qu'Oronte est également l'un des nombreux prétendants de Célimène. Lorsqu'il découvre que cette dernière s'amuse de tous ses aspirants, il la quitte.

ARSINOÉ

Arsinoé est une jeune femme prude et austère. Au début de la pièce, elle se présente comme l'amie de Célimène, mais s'en détourne rapidement puisqu'elle est secrètement amoureuse d'Alceste. Pour parvenir à ses fins, elle établit un stratagème pour séparer les deux amants et use de la coquetterie de Célimène pour prouver à Alceste son infidélité.

Arsinoé est un personnage ambivalent : à la fois charmeuse et méchante, elle est prête à tout pour obtenir ce qu'elle désire. Mais ses efforts sont vains ; Alceste n'a que faire de ses mots doux puisqu'il n'a d'yeux que pour Célimène. Elle a tout de même réussi à séparer Célimène de sa cour, mais quitte la pièce déçue et seule.

LES MARQUIS ACASTE ET CLITANDRE

Les marquis Acaste et Clitandre fonctionnent en duo. Toujours l'un avec l'autre, leur personnalité semble être modelée de façon identique. Ils incarnent tout ce qu'Alceste répugne : les faux-semblants et l'hypocrisie. Tous deux épris de Célimène, ils établissent une sorte de concours dont le gagnant sera celui que la belle aura choisi. Finalement, cet amour qu'ils portent à Célimène relève bien plus de la flatterie personnelle que de la sincérité. Les marquis sont friands des moqueries ; par conséquent, quand Célimène dresse des portraits cinglants de leur entourage, c'est avec un vil plaisir qu'ils alimentent ses railleries. Sur le principe de l'arroseur arrosé, ils se font prendre à leur propre jeu en découvrant, à la fin de la pièce, que Célimène ne les épargne pas.

ANALYSE DES THÉMATIQUES

L'IDÉAL DE L'HONNÊTE HOMME

C'est en parfait courtisan du XVIIe siècle que Molière teinte sa pièce d'une thématique majeure qui en est le fil rouge : l'idéal de l'honnête homme. Si la figure de l'honnête homme était déjà présente au siècle passé, elle est surtout exploitée durant la seconde moitié du XVIIe siècle. La société de l'époque cherche alors à poser les règles idéales d'un équilibre social respectant la bienséance. L'honnête homme est donc celui qui, aidé de sa raison et de son intelligence, reste maître de lui et fait preuve d'humilité.

Pour incarner cet idéal, Molière dépeint Alceste comme un grand rêveur ayant foi en l'espèce humaine ; du moins l'a-t-il avant d'être profondément déçu par les vices qui rongent les hommes. Pour Alceste, l'honnête homme ne doit pas être flatteur. Empreint de naturel, c'est avec une parfaite franchise qu'il doit s'adresser à son interlocuteur, ce qui l'amène parfois à critiquer ouvertement les défauts de ses semblables. Lors de son entretien avec son ami Philinte, Alceste évoque son désir d'honnêteté en toute circonstance :

> « Je veux que l'on soit homme, et qu'en toute rencontre
> Le fond de notre cœur dans nos discours se montre,
> Que ce soit lui qui parle, et que nos sentiments
> Ne se masquent jamais sous de vains compliments. » (p. 10)

Mais il apparaît très vite qu'il existe deux sortes d'honnêteté : l'une mondaine et l'autre morale. La première, représentée par Philinte, invite à respecter les codes de la bienséance et du respect d'autrui. La seconde, incarnée par Alceste, nous pousse à agir naturellement et sans fioritures. L'une et l'autre semblent tout à fait respectables, mais les deux amis, pourtant persuadés de leur attitude exemplaire, peinent à trouver un terrain d'entente. En effet, l'idéal de l'honnête homme, selon Philinte, dévoile une obligation sous-jacente de plaire à tout le monde. Ainsi, la dérive de cette contrainte détourne de l'essence même de l'honnêteté puisqu'elle n'en garde que l'apparence. Philinte agit donc parfois à l'inverse de ce que son cœur lui dicte, préférant cela à la violation de la règle de bienséance :

> « Serait-il à propos et de la bienséance
> De dire à mille gens tout ce que d'eux on pense ?
> Et quand on a quelqu'un qu'on hait ou qui déplaît,
> Lui doit-on déclarer la chose comme elle est ? » (p. 10)

Alceste, quant à lui, préfère de loin la franchise brute au détriment des manières douces. Finalement, aucune des deux facettes n'atteint l'idéal de l'honnête homme puisqu'elles n'arrivent pas à fonctionner de pair. Alors que Philinte ne s'en formalise pas, Alceste s'investit corps et âme dans ce dessein, si bien que cela en devient presque un art de vivre avec lequel il ne peut faire de concession. Si Alceste est bel et bien un homme tout à fait louable, ses excès le font passer pour quelqu'un de méprisable. En effet, à force de chercher son idéal, il en oublie d'être agréable et sociable. Cette attitude démesurée le rend grotesque, comme le souligne Philinte :

> « Et puisque la franchise a pour vous tant d'appas,
> Je vous dirai tout franc que cette maladie,
> Partout où vous allez, donne la comédie,
> Et qu'un si grand courroux contre les mœurs du temps
> Vous tourne en ridicule auprès de bien des gens. » (p. 11)

Ainsi, l'incapacité du genre humain à être tout à fait honnête envers ses pairs le détourne peu à peu de sa foi alors si forte, et l'honnête homme lève le masque sur le misanthrope.

DE LA DÉSILLUSION À LA MISANTHROPIE

C'est tout naturellement que la désillusion se pose en thème majeur dans l'œuvre de Molière. En effet, alors que l'idéal de l'honnête homme habite Alceste, l'ouverture à autrui devient chez lui un repli sur soi. Déçu par l'image que lui renvoient ses congénères, il préfère se détourner du genre humain plutôt que de participer à la mascarade du jeu social. Cette misanthropie n'est finalement que la réponse à une profonde désillusion. C'est avec une parole irrévocable qu'Alceste annonce à Philinte sa haine des hommes : « L'ami du genre humain n'est point du tout mon fait. » (p. 9) Mais alors que sa haine pourrait être perçue comme une réflexion lucide et longuement menée, celle-ci n'est en fait qu'une réaction à un symptôme bien plus enfoui : une profonde souffrance. Il ne faut pas oublier qu'Alceste est un jeune homme âgé de seulement 20 ans, alors que ses propos conviendraient davantage à un personnage qui a vécu. Il vient à peine de faire ses premiers pas dans le monde, mais se pose déjà en observateur aguerri. Dès lors, Alceste nous apparaît comme un personnage antithétique, tourmenté entre l'image qu'il souhaite donner de lui et celui qu'il est vraiment.

Le sous-titre que donne Molière à cette pièce nous éclaire sur la personnalité d'Alceste : *l'Atrabilaire amoureux*. Le terme « atrabilaire » renvoie à la théorie des humeurs d'Hippocrate (460-377 av. J.-C.) qui vise à expliquer les caractères par l'équilibre ou le déséquilibre des quatre humeurs dont l'homme est doté : le flegme, le sang, la bile jaune et enfin l'atrabile ou la bile noire. Chez Alceste, c'est un excès de bile noire qui provoque un état anxieux, voire dépressif. Il n'est donc pas étonnant que l'objet de sa désillusion l'amène à un rejet catégorique et excessif. Finalement, Alceste s'avère incapable de contrôler ses contrariétés, et lorsque Célimène agit d'une façon qui ne lui plaît pas, il est envahi par la mauvaise bile :

> « Madame, voulez-vous que je vous parle net ?
> De vos façons d'agir je suis mal satisfait ;
> Contre elles dans mon cœur trop de bile s'assemble,
> Et je sens qu'il faudra que nous rompions ensemble. » (p. 31)

La misanthropie d'Alceste peut ainsi être vécue par le lecteur de plusieurs manières. En effet, si nous considérons Alceste comme un misanthrope sans chercher à comprendre le sens de sa douleur, l'antipathie ou la moquerie semblent être les seules réponses possibles. Alors qu'en envisageant la misanthropie d'Alceste comme une maladie, le pathétique prend le dessus et nous en venons presque à avoir pitié de ce personnage. Alceste n'est-il pas dans le fond un neurasthénique dont les réactions inconsidérées sont le reflet d'une faiblesse intérieure ? C'est en tout cas ce que Philinte semble sous-entendre lorsqu'il évoque la « maladie » de son ami.

L'ART DES FAUX-SEMBLANTS

S'il y a bien un thème que Molière développe dans *Le Misanthrope*, c'est sans conteste l'art des faux-semblants. À un siècle où les bonnes manières sont exacerbées, l'hypocrisie est perçue par Molière comme une gangrène qui se propage insidieusement dans la société. L'idéal de l'honnête homme influence les courtisans du XVIIe siècle à agir d'une manière paradoxale, si bien qu'ils en oublient l'essence même de leur quête : l'honnêteté. En écrivant *Le Misanthrope*, Molière offre une critique des mœurs de son temps et effectue brillamment une mise en abyme du théâtre dans le théâtre.

La cour est en effet devenue une scène où les hommes paradent plus qu'ils ne conversent, cachés sous un masque afin d'offrir le visage que l'on attend d'eux. Tous les personnages de la pièce maîtrisent à la perfection cet art de la dissimulation, à l'exception d'Alceste qui en est le répresseur. Néanmoins, même ce dernier ne peut s'empêcher d'éprouver un tiraillement entre son être profond et son paraître. En effet, en tombant amoureux de Célimène, Alceste ouvre son cœur à tout ce qu'il répugne.

Célimène est la figure de proue de l'hypocrisie puisqu'elle manipule tout son entourage en usant de flatterie et de jolis mots. Et si quelqu'un remet en question sa fidélité, elle retourne la situation à son avantage et fait naître chez son détracteur de la culpabilité. Ainsi, lorsqu'Alceste découvre une lettre enflammée destinée à Oronte, elle s'emporte :

> « Allez, vous êtes fou, dans vos transports jaloux,
> Et ne méritez pas l'amour qu'on a pour vous
> Je voudrais bien savoir qui pourrait me contraindre
> À descendre pour vous aux bassesses de feindre,
> Et pourquoi, si mon cœur penchait d'autre côté,
> Je ne le dirais pas avec sincérité. » (p. 75)

Jusqu'au dénouement, Célimène use à tout va de son masque, mais Arsinoé dévoile sa véritable personnalité. La révélation provoque le scandale, au point de faire dire à Oronte :

> « Et votre cœur, paré de beaux semblants d'amour,
> À tout le genre humain se promet tour à tour !
> Allez, j'étais trop dupe, et je vais ne plus l'être. » (p. 91)

Tout le ridicule de la situation réside dans le fait que les trahis sont tout autant traîtres que Célimène. Arsinoé, la première, n'hésite pas un seul instant à dénoncer son amie à qui souhaite l'entendre afin de récolter de nouvelles sympathies. Quant aux marquis, ils représentent à la perfection l'image des courtisans usant de belles paroles et s'admirant eux-mêmes. Oronte, de son côté, préfère l'aveuglement aux paroles sincères.

En condamnant Célimène, Molière met en exergue les défauts de ses semblables. Il est tout de même intéressant de se demander si toute cette hypocrisie est condamnable puisqu'elle renvoie à ce que Philinte appelle un « mal nécessaire » (acte I, scène I). De cette manière, nous revenons à la dualité entre l'honnêteté mondaine et morale. Faut-il être honnête et blessant, plutôt que plaisant mais pas tout à fait franc ? Il est évident qu'un juste équilibre est à trouver, et Philinte et Éliante semblent être les personnages s'en rapprochant le plus.

ENTRE PASSION ET RAISON

Pour incarner la passion et la raison, Molière choisit deux couples littéralement opposés : Alceste et Célimène face à Philinte et Éliante. Le couple d'Alceste est guidé par l'excès, et ce dernier en est tout à fait conscient. S'il se rend compte des défauts de la jeune femme, il ne peut lui résister :

> « Non l'amour que je sens pour cette jeune veuve
> Ne ferme point mes yeux aux défauts qu'on lui trouve,
> Et je suis, quelque ardeur qu'elle m'ait pu donner,
> Le premier à les voir, comme à les condamner.
> Mais, avec tout cela, quoi que je puisse faire,
> Je confesse mon faible, elle a l'art de me plaire. » (p. 17)

Il faut avouer que Célimène sait faire chavirer les cœurs puisqu'Alceste n'est pas le seul à se battre pour elle. Lorsqu'Oronte et Alceste tentent de la soudoyer pour connaître ses vrais sentiments, celle-ci évoque leur comportement passionnel :

> « Mon dieu que cette instance est là hors de saison,
> Et que vous témoignez, tous deux, peu de raison ! » (p. 87)

Car oui, c'est contre sa raison qu'Alceste aime Célimène : il n'est plus maître de lui lorsqu'il est avec elle. Dans une sorte d'aliénation lucide, il ne peut se résoudre à l'abandonner, ce qui lui vaut maintes jalousies et un excès de bile noire.

À l'opposé d'Alceste, Philinte agit en homme sage et raisonné et choisit en Éliante une femme « solide » et « sincère ». Alors que leur couple semble fade, leur mariage n'en est pas moins heureux et le dénouement tend à célébrer la victoire de la raison sur la passion.

Le duo antithétique Alceste-Philinte qui incarne celui de la passion contre la raison peut être transposé au-delà du terrain amoureux. En effet, alors qu'Alceste est tout à fait conscient de son comportement excessif en amour, il ne l'est plus du tout lorsqu'il s'agit de son comportement en société. Pendant que Philinte tente de l'apaiser et l'amène à réfléchir, Alceste se renferme sur sa propre colère et lui répond : « Moi je veux me fâcher et ne veux point entendre. » (p. 7) En refusant la modération de la sagesse, Alceste se laisse emporter par des sentiments qu'il ne maîtrise pas et tombe vite dans l'exagération. Si sa passion le guide dans un premier temps vers une vision idéale de l'humanité, sa haine l'emporte ensuite et le rend méchant. À trop vouloir croire en l'homme, il en a perdu son humanité.

L'AMOUR-PROPRE

À côté de ces deux formes d'amour, Molière en explore une autre : l'amour que l'on porte à soi-même. En effet, chaque personnage voit le monde à travers une idée qui lui est propre et est tellement persuadé qu'il s'agit là de la meilleure façon de l'appréhender qu'il n'est pas prêt à ouvrir son esprit à l'autre. De cette manière, aucun compromis n'est réalisable, si bien que les relations entre les personnages sont vouées à être éphémères. Le dialogue de sourds entre

Alceste et Philinte à la scène III de l'acte premier en est un parfait exemple, puisqu'Alceste refuse d'écouter son ami en lui coupant systématiquement la parole.

Dans *Le Misanthrope*, les personnages sont prisonniers de leur amour-propre, si bien qu'ils en viennent à rejeter autrui. Cela est visible tout au long de la pièce, même lorsqu'Alceste propose à Célimène de s'enfuir avec lui :

> « Moi renoncer au monde avant que de vieillir,
> Et dans votre désert aller m'ensevelir ! » (p. 94)

Mais elle n'est pas la seule concernée : tous les personnages sont semblables à Célimène puisqu'aucun n'est prêt à renoncer à ses idéaux. Oronte, par exemple, ne supporte pas d'être critiqué par Alceste alors qu'il lui demande un avis sincère. Ce paradoxe montre bien la difficulté, voire l'impossibilité, de surmonter son amour-propre afin d'atteindre la sagesse. En s'efforçant d'être noble et héroïque, Alceste laisse paraître un homme piqué au fond de son âme, puisque tout ce contre quoi il s'insurge, ce sont des actes qui le touchent personnellement (son procès avec Oronte, l'attitude infidèle de Célimène). Jamais il ne prend la défense d'autrui. Tout porte à croire qu'il est finalement doté d'un amour-propre démesuré, car en se posant en défenseur des vertus humaines, il en vient à nier tout ce qui est différent de lui et finit par n'agir que dans son propre intérêt.

STYLE ET ÉCRITURE

LE COMIQUE SÉRIEUX

Molière écrit *Le Misanthrope* alors qu'il traverse une période néfaste. *Le Tartuffe* a provoqué un scandale retentissant et son *Dom Juan* finit par être interdit de représentation. Il commence donc à écrire *Le Misanthrope* avec un goût amer, si bien que cette comédie a longtemps été considérée comme beaucoup plus sérieuse que ses autres pièces. Avec cette pièce, Molière rompt en effet avec la farce et s'éloigne de la comédie d'intrigue qu'il affectionnait jusque-là. Dans sa nouvelle pièce, Molière explore l'âme humaine et propose une œuvre qui s'avère beaucoup plus profonde que celles qu'il réalisaient jusqu'à présent. Le lecteur-spectateur n'en est que plus désarçonné : faut-il rire de ce misanthrope ridicule ou pleurer face à son tiraillement intérieur ? Car oui, Alceste est un personnage paradoxal qui provoque en nous des sentiments contradictoires.

Le Misanthrope pourrait presque être considéré comme une tragicomédie. En effet, la quête d'Alceste, décidé à convaincre Célimène d'adopter un comportement noble et louable, échoue lamentablement. Alors que le dénouement d'une comédie est bien souvent heureux, celui du *Misanthrope* nous laisse un air d'inachevé. Alceste, tel un héros cornélien, préfère fuir les hommes dont il désapprouve les usages. Ainsi, la pièce s'achève sur les mots d'Alceste, amers et furieux :

> « Trahi de toutes parts, accablé d'injustices,
> Je vais sortir d'un gouffre où triomphent les vices,
> Et chercher sur la terre un endroit écarté
> Où d'être homme d'honneur on ait la liberté. » (p. 95)

Pourtant, malgré le sérieux de la pièce, *Le Misanthrope* respecte le dessein de la comédie : corriger les vices par le rire. Comique et tragique semblent donc fonctionner de pair, si bien que le personnage d'Alceste est tout autant saugrenu qu'héroïque. Et le paradoxe est tel que le ridicule d'Alceste réside dans sa gravité. En effet, le ton d'Alceste est si dramatique qu'il en devient comique puisqu'il n'est absolument pas adapté à la situation. Les autres personnages, en particulier Philinte, le lui font remarquer à maintes reprises :

> « Ce chagrin philosophe est un peu trop sauvage,
> Je ris des noirs accès où je vous envisage [...]. » (p. 11)

Ainsi, si nous rencontrons divers procédés propres à la comédie tels que le comique de répétition, le comique de situation ou encore le comique de caractère, le personnage d'Alceste nous fait davantage sourire qu'il ne provoque un rire franc. Une sorte de compassion, si ce n'est de la pitié, nous lie à lui.

L'ART DU DIALOGUE

Chaque personne cherchant à s'imposer, la pièce fourmille de tirades. Mais, à travers celle-ci, on décèle, plus qu'un échange réel, la volonté qu'ont les personnages de montrer qu'ils existent. Ainsi, de telles répliques interviennent notamment lorsqu'une dispute sépare un couple de personnages (Célimène et Alceste ou encore Alceste et Philinte). À la scène I de l'acte premier, alors qu'Alceste ne souhaite pas établir de dialogue avec Philinte, il commence à s'énerver et déclame sa première tirade. Philinte lui répond par de courtes répliques, essayant de tempérer l'échange et donnant, par là même, un rythme au dialogue. Puis, lorsqu'Alceste s'impose trop ouvertement, Philinte rétablit l'équilibre et s'autorise sa première tirade qu'il termine avec une comparaison : « [M]on flegme est philosophe autant que votre bile. » (p. 13) On voit donc naître dans les dialogues une forme de compétition où chacun tente d'imposer une vision des choses qui lui est propre. Un autre exemple marquant est celui de l'échange entre Célimène et Arsinoé dans la scène IV de l'acte III puisque leur dialogue donne lieu aux deux plus grandes tirades de la pièce et marque au fer rouge la fin de leur relation.

Dans un effet de contraste, les répliques peuvent parfois être très courtes, et le dialogue bien plus complexe, car l'un des personnages est mis en difficulté lorsqu'il souhaite prendre la parole. C'est le cas dans la scène III de l'acte premier, lorsqu'Alceste interrompt sans cesse Philinte. Le dialogue devient alors complètement stérile. Cette stichomythie produit un effet de rapidité et redonne de l'aplomb au dialogue.

> « ALCESTE – Ne me parlez pas.
> PHILINTE – Mais...
> ALCESTE – Plus de société.
> PHILINTE – C'est trop...
> ALCESTE – Laissez-moi là.
> PHILINTE – Si je... » (p. 28)

Les points de suspension marquent l'impossibilité de Philinte de s'exprimer face à un Alceste sévère et catégorique qui ne cesse de lui couper la parole. Le dialogue lève le voile sur la personnalité de nos personnages puisque Philinte tente de faire entendre raison à Alceste, qui, de son côté, préfère être sourd plutôt que d'entendre un avis différent du sien.

Ce qui fait de Molière un génie dans l'art du dialogue, c'est qu'il arrive à mettre en avant l'absence de dialogue. En effet, les personnages peuvent échanger de longues tirades et de courtes répliques qu'ils interrompent sans cesse, mais lorsque l'un d'eux ne dit plus un mot, le silence est lourd de sens. Prenons l'exemple de la scène IV dans l'acte II, lorsque Célimène dresse différents portraits en compagnie des deux marquis, Alceste prend du recul et n'intervient qu'au moment où elle se tait. Pourtant, Alceste a pour habitude d'interrompre, de s'insurger et de donner son avis. Ainsi, le fait qu'il garde le silence nous étonne et présage une reprise de parole imminente et explosive.

LA LANGUE DE MOLIÈRE

Chaque langue trouve en l'un de ses auteurs une plume tellement significative qu'elle en adopte le nom pour se qualifier. On parle ainsi de la langue de Shakespeare, de celle Dante, etc. Si Molière a été choisi pour le français, il a pourtant essuyé de son vivant de nombreuses critiques quant à son style, qualifié de grossier. Dans *Le Misanthrope*, cela s'explique entre autres par la volonté qu'a eue l'auteur de représenter, naturellement, le langage du XVIIe siècle. Ainsi, au style parlé se substitue le style écrit qui, parfois, s'autorise des concessions sur la syntaxe ou les rimes.

Dans *Le Misanthrope*, tous les personnages principaux sont d'une condition égale puisqu'ils sont tous issus de la noblesse. Ainsi, les écarts de langage sont beaucoup moins flagrants que dans certaines autres pièces de Molière. En effet, Alceste et Célimène savent tous deux manier la langue correctement, contrairement au valet Sganarelle, par exemple. Néanmoins, le caractère sanguin d'Alceste donne souvent lieu à des écarts de langue inconvenants. En effet, le juron « morbleu » qu'il répète à plusieurs reprises est une déformation de « par la mort de Dieu », dont l'Église a interdit l'usage. Alors que le langage de salon met l'accent sur le travail de la langue et les jeux de style, Molière renverse toutes les convenances comme il l'a fait ironiquement quelques années plus tôt dans *Les Précieuses ridicules*.

En outre, alors que Molière a l'habitude d'écrire son théâtre en prose, il choisit de rédiger cette pièce en alexandrin, le vers noble par excellence. En l'utilisant, il semble se ranger du côté classique et élégant, alors qu'il n'en est rien. S'il l'utilise, c'est avant tout pour le détourner et pour en faire un outil qui servira la critique de la société et des mœurs de son temps, une façon bien trouvée de critiquer ceux dont l'aisance orale privilégie le paraître aux dépens de l'être. Molière n'hésite donc pas à déstructurer les vers en déplaçant les césures ou en accumulant les enjambements. Il est d'ailleurs intéressant de noter que lorsque le dialogue est calme et serein, l'alexandrin est régulier, mais quand l'un des personnages s'emporte soudainement, c'est la monotonie du vers qui semble éclater. C'est le cas lorsque Philinte et Alceste affrontent leurs idées dans la scène I de l'acte premier :

> « PHILINTE – Votre partie est forte,
> Et peut par sa cabale, entraîner…
> ALCESTE – Il n'importe.
> PHILINTE – Vous vous tromperez
> ALCESTE – Soit. J'en veux voir le succès. » (p. 15)

Finalement, la versification de Molière prend de grandes libertés, quitte à frôler l'irrégularité, mais elle paraît ainsi vivante, si bien que l'on entend presque le souffle des personnages.

L'IRONIE OU LE DISCOURS DOUBLE

C'est à travers le personnage de Célimène que Molière met en exergue l'ironie et le double discours. En effet, Célimène manie avec une telle facilité les mots qu'elle peut en devenir redoutable. Ainsi, lorsqu'Alceste s'emporte contre elle dans la scène III de l'acte IV, Célimène réagit ironiquement, et trouve un moyen de rendre la situation cocasse : « Voilà certainement des douceurs que j'admire. »

(p. 71) Il faut évidemment comprendre cela comme une antiphrase puisqu'on imagine bien que les critiques d'Alceste l'agacent au plus haut point.

C'est d'ailleurs quand elle se sent acculée que Célimène utilise l'ironie, faisant du langage un moyen de défense. Lors du conflit avec Arsinoé, dans la scène IV de l'acte III, on trouve des traces d'ironie dans l'ensemble du dialogue, tant du côté de Célimène que de celui d'Arsinoé. Alors que cette dernière a préparé son discours pour affronter son adversaire, celui-ci sonne faux, et Célimène est assez intelligente pour le remarquer. La réponse de Célimène est donc ironique jusque dans le choix des rimes. En effet, « zèle » rime avec « belle » (p. 56), mettant en avant le caractère hypocrite d'Arsinoé :

> « Dans tous les lieux dévots elle étale un grand zèle :
> Mais elle met du blanc pour paraître belle.
> Elle fait des tableaux pour couvrir les nudités,
> mais elle a de l'amour pour les réalités. » (p. 56)

De plus, Célimène reprend mot pour mot les quatre derniers vers d'Arsinoé :

> « Madame, je vous crois aussi trop raisonnable,
> Pour ne pas prendre cet avis profitable,
> Et pour l'attribuer qu'aux mouvements secrets
> D'un zèle qui m'attache à tous vos intérêts. » (p. 57)

De cette manière, Célimène décrédibilise complètement les propos de sa rivale en les parodiant, et lui annonce habilement qu'elle n'ignore pas son petit jeu. Alors que l'ironie passe pour de l'hypocrisie chez Arsinoé puisqu'elle espère berner Célimène, cela prend la forme d'une moquerie cinglante chez cette dernière qui ne cache pas son double discours. En choisissant d'associer à Célimène le ton de l'ironie, Molière met en valeur le persiflage féminin qui est de mise au XVIIe siècle. Ce faisant, il dénonce ainsi l'hypocrisie sociale.

La scène des portraits est un exemple significatif de la capacité de Célimène à user de l'ironie. Alors qu'elle s'amuse à ridiculiser ses courtisans devant Acaste et Clitandre, ses propos révèlent son véritable caractère. Célimène fait preuve d'exagération en usant d'hyperboles et utilise à de nombreuses reprises des antiphrases telles que « et sans aucune affaire, est toujours affairé » (p. 39) ou encore « l'art de ne vous rien dire » (p. 39). Cette série de portraits met en avant la puissance des mots et l'impact qu'ils peuvent avoir sur un individu. Célimène est d'ailleurs rattrapée par ses railleries puisque c'est à cause de ses lettres que ses prétendants découvrent son véritable visage.

LA RÉCEPTION DU *MISANTHROPE*

UN ACCUEIL MITIGÉ

Lorsque Molière joue la première du *Misanthrope* le 4 juin 1666 au théâtre du Palais-Royal, c'est à un public non préparé qu'il est confronté. Habitué à des comédies plus farcesques et beaucoup moins réfléchies, le public ne comprend pas ce que Molière veut leur dire avec cette nouvelle pièce et s'en trouve surpris bien plus que séduit. L'accueil est donc mitigé et, après deux représentations, la fréquentation du théâtre commence à baisser, si bien que dès le mois d'août une autre pièce doit venir renforcer les recettes : *Le Médecin malgré lui*.

Cet accueil réservé s'explique sans doute par le fait que la cour est blessée de n'avoir pas eu l'honneur d'accueillir la pièce avant qu'elle ne soit représentée en ville. Le roi a en effet découvert la pièce en même temps que les nobles sans avoir eu le temps de donner son aval. De plus, cette comédie que Molière destine aux honnêtes gens semble finalement se confronter au manque d'intérêt d'un public non concerné par la question. C'est ce que semble souligner Grimarest (1659-1713), l'un des célèbres biographes de Molière :

> « Il sentit, dès la première représentation, que le peuple de Paris vouloit plus rire qu'admirer, et que pour vingt personnes qui sont susceptibles de sentir des traits délicats et élevés, il y en a cent qui les rebutent faute de les connoître. » (*La vie de Monsieur Molière*, Paris, I. Liseux, 1877, p. 98)

Malgré tout, *Le Misanthrope* est représenté 34 fois en 1666 et, contrairement aux échecs précédents du *Tartuffe* et de *Dom Juan*, il ne provoque aucun scandale.

UNE THÉMATIQUE ORIGINALE DEVENUE TOPOS LITTÉRAIRE

Après un accueil en demi-teinte c'est, étonnamment, une critique dithyrambique qui salue la pièce si bien que Molière devient selon Boileau (1636-1711) « l'auteur du *Misanthrope* ». Alors que le public reproche au dramaturge de leur jouer une comédie trop sérieuse, les connaisseurs voient en cette pièce une prouesse, voire un chef-d'œuvre. Dans sa lettre datée du 12 juin 1666, Charles Robinet (auteur de gazette, 1608-1698) écrit :

> « *Le Misanthrope* enfin se joue.
> Je le vis dimanche et j'avoue,
> que Molière, son auteur,
> n'a rien fait de cette hauteur. » (MONGRÉDIEN (G.), *Recueil des textes et documents du XVIIᵉ siècle relatifs à Molière*, Paris, CNRS, 1965, p. 266)

Selon lui, Molière mêle le plaisir au sérieux et manie le style d'une main de maître, exprimant avec justesse les nuances de la misanthropie et peignant les mœurs du temps avec une incroyable précision.

Cette reconnaissance n'efface toutefois pas certaines critiques faites par ses détracteurs : Fénelon (1651-1715) reproche ainsi à Molière d'avoir ridiculisé la vertu en choisissant Alceste pour l'incarner. Au tournant du XVIIIᵉ siècle, c'est Jean-Jacques Rousseau (1712-1778) qui continue à nourrir les critiques du *Misanthrope*. Pour lui, Molière fait un affront à la nature humaine en voyant en elle un mal inhérent. Celui-ci lui reproche en effet d'avoir fait du misanthrope un personnage d'allure loufoque plutôt qu'un personne qui mérite d'être encensé pour ses vertus et son combat.

Toujours est-il que, dès la fin du XVIIIᵉ siècle, le thème de la misanthropie inspire bon nombre d'écrivains, tel Fabre d'Églantine (1750-1794) qui écrit en 1790 *Le Philinte de Molière ou la Suite du Misanthrope*.

Alors que chez Molière, c'est Alceste qui occupe le premier rôle ; chez Fabre, c'est Philinte qui est mis en avant. Les deux pièces sont radicalement différentes puisque celle de Fabre prend un ton dramatique et les traits de ses personnages, à trop frôler la perfection, n'en ressortent que peu naturels. Un siècle plus tard, c'est une tout autre approche du *Misanthrope* que les écrivains romantiques proposent. Pour ces derniers, les colères d'Alceste doivent provoquer chez le spectateur un tourment mélancolique bien plus qu'un éclat de rire.

Finalement, les différentes interprétations du *Misanthrope* traversent les siècles, et les écrivains capturent une facette de Molière qu'ils s'approprient sans jamais, sans doute, atteindre la vérité.

ET DE NOS JOURS ?

Alors que Molière reste l'auteur le plus joué au monde, et *Le Misanthrope* l'une de ses plus grandes pièces, les artistes français des XXe et XXIe siècles semblent intimidés face à cette pièce puisqu'il n'en existe que très peu d'adaptations cinématographiques. Deux transpositions méritent toutefois d'être retenues, celle de Mathias Ledoux en 1977, intitulée fidèlement *Le Misanthrope*, qui est retransmise en direct à la télévision, et celle de Philippe Le Guay en 2013, *Alceste à bicyclette*. Cette dernière propose une version moderne de l'œuvre de Molière. Dans celle-ci, Serge – interprété par Fabrice Luchini –, vit en ermite sur l'île de Ré depuis qu'il a laissé tomber sa carrière d'acteur. Un jour, Gauthier, incarné par Lambert Wilson, vient lui rendre visite et lui propose une pièce : *Le Misanthrope*. Dans un jeu de miroir, les acteurs incarnent tour à tour les personnages d'Alceste et de Philinte jusqu'à en être possédés. Serge veut respecter la bonne diction des alexandrins, tandis que Gauthier souhaite satisfaire le public d'aujourd'hui. Nous retrouvons alors la dispute entre Alceste et Philinte, l'un porté par ses idéaux, l'autre voulant s'adapter aux mœurs de l'époque. Preuve s'il en faut de la modernité de la pièce.

Votre avis nous intéresse !

Laissez un commentaire sur le site de votre librairie en ligne
et partagez vos coups de cœur sur les réseaux sociaux !

BIBLIOGRAPHIE

SOURCES BIBLIOGRAPHIQUES

- CHARLIER (Gustave), *Sous le masque de Molière*, Belgique, Revue belge de philologie et d'histoire, v. 32 n° 4, 1954, p. 1017-1026.
- DOUMIC (René), *Le Misanthrope de Molière, étude et analyse*, Paris, Mellottée, 1929-1937.
- MAZOUER (Charles), *Trois comédies de Molière : étude sur* Le Misanthrope, Georges Dandin *et* Le Bourgeois gentilhomme, Pessac, Presses universitaires de Bordeaux, 2007.
- MOLIÈRE, *Le Misanthrope*, Paris, Librio, 2004.
- MOLINIÉ (Georges), « Un style de Molière ? », in *L'Information grammaticale*, n° 56, 1993, p. 28-32.
- NARTEAU (Carole) et NOUAILHAC (Irène), *Littérature française, les grands mouvements littéraires*, Paris, Grand Librio, 2010.

SOURCES COMPLÉMENTAIRES

- « Molière tombe le masque », in *Secret d'histoire*, émission de Stephane Bern, France, 2013.
- SCHMITT (Éric-Emmanuel), *Un homme trop facile*, Paris, Albin Michel, 2013.

SOURCES ICONOGRAPHIQUES

- Portrait de Molière. La photo reproduite est réputée libre de droits.
- Scène de *L'Étourdi ou les Contretemps*. © Lorentz.
- *Louis XIV et Molière*, tableau de Jean-Léon Gérôme, 1862. La photo reproduite est réputée libre de droits.

ADAPTATIONS

- *Molière*, film d'Ariane Mnouchkine, avec Philippe Caubère, Joséphine Derenne et Jonathan Sutton, France-Italie, 1974.
- *Le Misanthrope*, film de Mathias Ledoux, avec Jean-François Balmer, Roland Blanche et Romane Bohringer, France, 1977.
- *Molière*, film de Laurent Tirard, avec Romain Duris, Fabrice Luchini et Laura Morante, France, 2007.
- *Alceste à bicyclette*, film de Philippe le Guay, avec Fabrice Luchini et Lambert Wilson, France, 2013.

Éditeur responsable : Lemaitre Publishing
Avenue de la Couronne 382 | B-1050 Bruxelles
info@lemaitre-editions.com

ISBN ebook : 978-2-8062-7572-1
ISBN papier : 978-2-8062-7573-8
Dépôt légal : D/2016/12603/28
Couverture : © Lisiane Detaille.